「물망초」에 이은 두 번째 시집

노 을 길

곽 재 은 지음

엘 맨

노을길

초판 1쇄 2022년 11월 15일

지은이 : 곽재은
펴낸이 : 이규종
펴낸곳 : 엘맨
주 소 : 서울시 마포구 토정로 222 한국출판콘텐츠센터 422-3
출판등록 제1998-000033호(1985.10.29.)
전 화 : (02) 323-4060
팩 스 : (02) 323-6416
이메일 : elman1985@hanmail.net
www.elman.kr

ISBN : 978-89-5515-050-6

값 13,000 원

「물망초」에 이은 두 번째 시집

노 을 길

곽재은 지음

엘 맨

　　새벽 5시, 오늘도 어김없이 하루를 시작한다. 희뿌연 안갯속 동화 속 같은 작은 나라 자연과 호흡하고 에너지를 공유하고 살아가는 즐거움이 나의 일상이 되었다. 문을 나서니 먹이를 찾아 이동하는 산까치 수십 마리의 조잘거림을 들으며 그들의 세계에 존재하는 또하나의 세계를 상상해본다. 10여년간 습관처럼 살아 오며 삶의 가치의 기준도 자연과 호흡하며 얻어지는 행복이 삶을 건강하게 만들고 있다는것을 느끼게 되었다. 사랑을 하며 긍정의 삶을 살아가자 오늘도 다짐해본다. 이웃에 기쁨으로 평화를 심어 가는 노년의 생활이 되기를 기도한다.

　　'물망초'에 이어 2집을 '노을길'이라는 제목으로 설정하고 작품의 소재를 구성하고 글을 써나가며 추억 속에 그려지는 수십 년의 세월이 짧은 하나의 드라마로 압축이 되어가는 느낌이다. 부모님의 세대가 그랬고 내가 살고있는 진행형인 현재의 생활들이 단조롭지만 평안과 보람이 느껴지는 것은 시골 생활에 잘 적응해 가는 또 하나의 기쁨이리라. 흘러간 지난날들이 아쉬움만이 아닌 하나의 교훈으로 나의 이정표가 되어 비전이 되고 섬김과 실천을 통한 삶을 살아가기를 기도하며 오늘도 한걸음 한걸음 인생의 길을 내딛는다.

며칠 전 손자와의 대화에서 들었던 '할아버지 사랑해요' 한 마디가 생생하다. 그 한마디가 주는 희열을 느끼며 평생 표현하기 쉽지 않았던 짧은 단어, 이제는 자주 표현하고 좋은 일을 많이 만들어 가는 아름다운 평화의 사람이 되어 가도록 노력하며 살아 가야겠다고 다짐해본다.

　　오늘도 서산에 지는 해가 더욱 붉게 물들고 있다. 황혼길 동행하는 정열의 삶이 추억으로 흘러가는 내 인생을 더욱 보람으로 열매 맺기를 소망하며 앞날을 기대하는 내 삶의 이정표를 아름답게 그려본다. 오늘도 텃밭에서 호미를 잡는 마음에 희망을 심고 하루를 시작한다.

2022년 7월, 삶의 자리에서

차

례

기다림

단 한마디의 출발 약속도 없이
한 송이 꽃을 피우기 위해
모진 광풍 찬바람 잠재우고
세월을 채우고 읽으며 물을 주었다.

스무 살 젊음을 싣고 출발한 비전
서른 살 간직했던 가장의 책임감
사십에 거침없이 달려보던 성취감
오십에 느끼고 싶었던 만족감
육십에 노후를 즐기고 싶은 편안함

내가 그리고 펼치던 꿈 같은 날들
기다림의 결과를 나에게 안겨준다.
기대하던 비전, 책임감, 성취, 만족, 편안함,
떠난 세월 붙잡고 생각에 잠겨본다.

12

한 장의 그림이 그려진다.

끝없이 그려나갈 백지장 인생길
나의 주저함 망설임 모두 묶어
마음 깊이 사랑을 읽어내며
주님이 주시는 평안을 노래하고
내일을 기쁨으로 열매 맺으리라.

골목길

어린 시절 추억을 찾아 걷는 골목길
마음속 도화지에 한 장의 그림이 있다.

초가집 싸리문 토담길 걸으며
100여 가구 옹기종기 살던 시절
그리움 보내지 못해 발길이 머무는
잊혀지지 않는 서러움 어찌해야 할까?

마음으로 꽃을 찾은 나비가 되어
추억을 아련하게 휘젓고 가는
사랑했던 그 길을 함께하던
친구들은 무엇하며 오늘을 살아갈까!

저녁 연기 모락모락 피어오르면
소꿉놀이 같이하던 손길 멈추고

14

어머니 품속 향하던 기억 속 동갑내기

나만의 노래인가 아쉬움 남은 미련인가.

저녁 노을 벗 삼아 지는 해 보내고

내 마음 물들어가는 석양의 골목길

동심 어린 이 길을 서성이며

당신들과 함께한 그 시절 그 기억

한 폭의 그림되어 지난날을 말합니다.

가랑잎

언제인가 내 옆에 살포시 내려
아름답고 시린 사연 골고루 적어
덩그러니 낯선 곳을 휘저으며
바람따라 흩어지는 너의 모습
정녕 외로울 틈이 없구나.

우리 집 작은 마당
실개천 따라 자연이 숨쉰다.
멍하니 창밖을보며
생명의 호흡을 느낀다.

아침에 일어나 느껴보는
천국을 준비하는 희망의 노래들
작디작은 뱁새들의 합창
무리 지어 이동하는 산까치들

살아가는 이 순간이 향기가 된다.

세월이 전하는 속삭임에

오늘도 이곳저곳 흩어지며

소식을 전하는 네 사연이

마른 겨울 햇볕도

차디찬 바람도

아름다운 이야기로 남아

누군가에게 사랑을 전한다.

그림자

형체 없는 빈 모습으로
오늘도 내 뒤를 좇는 나그네
때로는 타인이 되어
구름 속으로 사라져간다.

자로 재어 볼 수도 없고
헤아릴 수도 없는 너의 모습
그리움도 향기로움조차도
나눌 수 없음에 그림자로 불리나

가고픈 곳 어디든
갈 수 있는 나이지만
때로는 외로운 벗으로
너만이 나의 친구가 된다.

오늘도 희망을 벗 삼아

걸어가는 나의 동반자

내 눈에서 벗어날 수 없는

너의 운명적인 미지의 길

나 또한 사랑해 가리

내 마음의 설날

햇살 받아 눈이 물이 되는 뜰 앞
뒤늦게 찾아온 올해의 설날
반가움 애써 멀리하고
추억에 잠겨 외로움 밀어내며
지난날을 회상한다.

미운 정 고운 정 한 줄로 엮어
사람들이 그리워진다.
따사로운 마음과 햇살이 만나
사랑과 그리움 있으면
그때 그 시절 다시 오겠지.

저녁이면 찾아드는 노을빛
서쪽 하늘 가로지르는 기러기 떼
떠나고 나면 섭섭함 더하기에

어린 시절 기억으로 되살려보는
그리운 그날들이 마음의 꽃

서로가 서로를 부둥켜안고
양손에 들고온 선물 보따리
가슴 가득 채워온 마음속 이야기
우리가 만들어간 그리운 사연
사랑하고 또 사랑하리라.

머지않아 찾아올 희망의 봄
순결한 목련의 꿈으로
함께하던 추억의 동반자들
정겹기만 한 그 이름 부르며
가까이 가고픈 마음 전합니다.

노을길

석양을 가슴에 안고 걷는다.
하늘빛 내려와
흰 바람벽 붉게 물들어
친구되어 같이 걷고 있네.

삶의 무게 하나하나 내려놓고
미래를 향한 발걸음
너울진 마음속 내일을 담는다.

지는 해 벗하는 노을길 언덕
삶이 묻어나는 향수 어린 길

추억 속 익어가는 그리운 정
기억 속 내 모습 찾아
오늘도 이야기 만들며

나 홀로 걷는 산책길

내 모습 그림자로 남는다.

눈사람

하늘의 사연 편지로 전하는
하이얀 꽃송이
천국의 소식을 갖고온다.

지쳐 있는 대지에
마음의 정을 담아
삶의 지루함을 달래어준다.

솔가지 위로 내리면
백솔꽃 되고
마른가지 살포시 앉아
희망을 전하는 천사의 모습
이별을 아파하며
고드름되어 사연을 남긴다.

자연의 질서를 존중하여

순백의 사람이 되고

입 닫고 하고픈 말 가슴으로 남겨

떠나고 나면 섭섭한 마음 알기에

추억의 사랑살이 노래가 된다.

너와의 만남 인연으로 간직하여

완전을 추구하는 세상살이

미완으로 이어갈지라도

너만이 주는 순백의 사랑

내 삶의 이정표되리.

너에게 주고 싶은 것

바람이 구름에게 묻는다.
구름아 너는 왜 햇빛을 가리니

파아란 하늘 소리 없이 떠다니는
구름이 말해 주는 사랑의 속삭임

나를 울리고 웃기고 하고 싶은 말
늘상 가슴에 맴도는 수줍은 언어들

그립다고 꽃보다 아름답다고
아침 이슬 머금고 찾아온 봄 향기
내 마음 그대에게 살며시 스며드네.

철없던 나 연륜의 발길이 머무는
긴 세월을 이렇게 되새기며 살아간다.

사랑하기에 더 사랑하며 살리라고

가족

눈멀고 귀먹고 그림자 같은 사랑
하늘로부터 오는 보석 같은 선물
어떤 표현으로 그 대답을 대신할까?

때때로 마음속 깊이 저려오는 사랑
표현으로 감당 못해 눈물이 되고
나눌 때 더 큰 기쁨을 알게 되었지.

수십 년 인생 여정 더불어 살아가며
기억되는 우리만의 특별한 만남
그 행복의 깊이는 얼마나 될까?

아침을 맞이하며 나만의 내가 아닌
우리로 함께 하고 있음에 감사
희망을 심어주고 미래를 바라보며

꿈을 꾸는 하루하루가 행복하였다.

선물로 찾아온 사위 며느리 손자들
늘어나는 가족은 또 하나의 축복
이세상의 소유를 가치 있게 나누며
오늘도 행복을 꿈꾸며 기도한다.

달빛 소원

쪽빛 바다에 하이얀 파도
잡아보고 싶지만
부서지는 너를 어쩌랴.

한줌 두줌 나누어준 이야기들
바닷가 갯벌 냄새만큼이나
은근한 여운을 남긴다.

오늘도 바람 타고 거닐다가
달빛 친구로 하여 잠이 든다.

오래도록 간직한 소담한 사랑
너에게 주고 또 주고 싶은데
한줌은 남겼다가 이야기 만들까.

구수한 웃음소리 힘이 되고

친구 삼은 달빛 타고 별이 온다 .

느티나무

느티나무 가지에 보름달 걸렸다.
잊혀진 명절 만남도 그리움도
쓸쓸함에 묻혀 적응하며 사는 세상
달빛에 그리움 싣고 정월을 보낸다.

늦은 2월 기다려지는 봄의 향수
작은 여운이 희망으로 다가와
기다리던 봄꽃은 피려나.
세월을 안고 찾아드는 빈자리
소망을 담아 내일을 바라본다.

혼자만의 사색으로 외로움 떨치고
그대 향한 내 마음 달님과 나눌까?
마음속에 감추어둔 지난날 이야기
가슴 벅차 오르도록 그리운 이름

남은 정 모아 잊혀진 날을 회상하자.

물오른 나뭇잎 녹음 짙어지는 5월
구름 속 달님도 하품 하듯 졸리고
단오날 느티나무 가지에 동아줄 엮어
선남선녀 그넷줄 잡은 사랑 이야기

잊으려면 잊을 수 있을 터인데
지난 일 마음에 두고 정겨움 좇아
다시 오지 않을 그 세월 붙잡고
문득문득 피어나는 그날이 그립다.

로뎀나무 아래서

엘리야의 절규에 응답하신 하나님
고난 중에도 주님을 바라봅니다.
외로이 나는 상처를 키우며
주님의 사랑을 기다렸습니다.

추억으로 존재해 가는 당신의 모습
그림자로 남지 않기를 소망합니다.
오늘도 희망으로 오시옵소서.
사랑으로 오시옵소서.
당신만이 구원자임을 알게 하소서.

불어오는 바람 속에 세미한 음성으로
다가와 주시고 스쳐가는 숨결에도
진리를 깨닫고 살아가도록 인도하소서.

어둠을 보내고 소망을 노래합니다.

사랑합니다 고맙습니다.

사는 게 힘들고 지쳐가도

주님이 주시는 호흡 마시며

고이고이 아름다운 사연 만들어

추억으로 남게 하소서.

주님 바라보며 살아온 나만의 이야기

응답 하시는 당신의 사랑에

순종하며 내일을 바라봅니다.

못자리 하던날

봄을 알리는 개나리, 진달래, 목련
뜰 안에 민들레, 제비꽃, 꽃잔디
개천을 감싸듯 벚꽃이 만발하고
주변이 색칠하듯 새옷을 입는다.

논과 밭 일터에 희망이 솟아나고
한 해를 준비하는 어설픈 초년 농부

볍씨 준비 모판 내어놓는 작업장
웃음이 활짝 피어 농심이 익어가네.

현대식 터미널에 밑거름되는 상토흙
알알이 규격 맞추어 떨어지는 벼알들

풍년을 기원하는 마음엔 기쁨이 가득

저마다 바쁜 손 놀리며 모판이 쌓이고
한마음되어 이야기 꽃이 피어간다 .

아버지가 걸어 가시던 길
오늘 그 시절이 더욱 그립다.
늦은 나이 배우는 즐거움
오늘의 삶이 하루의 일기로
쓰여짐에 감사의 기도를 드린다.

투덜투덜 걸어보는 365일

시작과 끝이 어수선한 너로 인해

우리는 절망을 안고

소망을 품는 지혜를 배운다.

가는 길 막히는 줄도 알게 되고

세상을 그려내는 존재가

인간이 아님을 이제야 깨닫는다.

2019 시작된 covid 19

우리 위에서 존재하는

또다른 세상을 느끼며

순종을 배운다.

잘해라! 노아의 방주 같은

세상을 만들지 말자 부탁한 말씀

그분의 약속 기억합니다.

회개합니다 사랑합니다.

내일을 여는 지혜를 주소서.

30일 남짓 남은 2020

고통을 인내로 내일을 설계하며

오늘을 살아가는

희망의 날을 시작합니다.

눈물방울

눈 내린 버들가지에 얼음꽃 피었다.
얼어붙은 실개천 갈대가 일렁이고
정오에 찾아드는 따스한 햇살
평안이 같이하는 작은 정원에
내 마음 기대어본다.

그렇게 그렇게 살다보니
어느덧 여기까지 와 있나
별을 사랑하는 밤 창문에 찾아드는
달빛을 벗하며 지난 삶을 회상한다.

그림자 찾아 흘러가는 세월
고향에서 느끼는 추억의 사랑살이
오늘도 나는 기다리는 삶을 즐기며
인생을 노래하고 시를 써간다.

문득 옛정이 그리워온다.

초가집 방마다 등잔불 밝혀

늦은 밤 가래떡 구우며 추억 만들고

고비고비 버팀목 되어온 부모님 사랑

눈물방울로 남아 가슴 깊이 흐른다오.

매일매일 헤어져야 하는

사랑을 아파하며 이별을 경험하는

떠나 보내고 잊어야 하는 인생살이

오늘도 더듬고 더듬어

순례길 나그네 삶 살아간다오.

주 바라기

꽃을 따다 화전을 만들어
자연을 가슴으로 안으며
밥으로 대신해 먹었습니다.

진달래 봄내음 내 안에 들어와
향기로운 말로 이야기 하네요.

허기진 마음 사랑으로 채우고
밥 없이도 배부른 자연의 축복

흘러가는 구름, 석양에 물들어
노을이 잠들고 별빛 내려오면

주님이 주신 또 하나의 세상
이불 속 당신을 품에 안으며

내일을 꿈꾸며 여행을 떠납니다.

정선 아라리

길 위에 길 산 위에 더 높은 산
구부러진 능선 노래를 만들고
물 맑은 계곡 자연의 숨소리
이야기 엮어 아름다운 선율이 된다.

그리 긴 세월 마주하며 같이 살아도
그리움 묻어 기다려지는 마음
아우라지 정선 5일장 레일 바이크
정겨움과 아쉬움이 함께하던 발걸음
나 그대 벗으로 오늘을 살아가네.

하늘이 맑아 더 높아진 절벽
구부러진 길 달리는 차창가
나뭇가지 스치는 작은 바람
사랑 싣고 함께하던 고마운 마음

44

시간을 붙잡고 그대에게 다가가리

하루가 지나면 추억이 쌓이고
아침에 일어나 오늘 있음에 감사
살아가는 멋진 날들이 축복의 은혜
우리에게 주어지는 순간순간들이
정선 아라리로 내일을 기약합니다.

싸리꽃

애타게 기다려온 날들
계절이 기지개를 켜며
노오란 개나리 몽우리 돋고
뜰 안에 제비꽃 민들레
웃음꽃으로 피어난다.

훈풍타고 날라주는 소식들
달래 냉이 향긋한 봄 내음 식단
싸리나무 어느새 새순을 피웠네.

또 한번 시작되는 인생의 봄
혹이나 말라가고 잊혀진 시간들
내 삶의 노래로 다듬고 다듬어
희망을 선물하며 추억을 만든다.

바람결에 실려오는 자연의 노래들

비전으로 채우며 빨라지는 시간

싸리나무 꽃향기 사랑으로 벗 삼아

아침 인사로 오늘을 맞이한다.

삐에로

너 보내고 나서 허무한 마음
긴 삶의 끝자락 가슴이 시리다.

떠나간 아쉬움 같이하던 세월
늘 곁에 두고 그리움 쏟아낸다.

뽀얀 먼지 떨어진 가방 헌 운동화
반딧불 지혜로 형설의공 쌓던 시절
한 송이 꽃으로 피어간 아름다운 추억
짧았던 사랑의 노래 그대와의 기억

달리는 시간 잊혀져간 계절에는
그리운 모습만 오로지 존재해간다.

그대여 마음속에 숨겨둔 숱한 이야기

불면의 밤 스쳐가는 인연으로 사랑하리.

먼 길을 돌아 고향에서 걸어보는
낯설지 않은 추억의 한자리
수줍어 표현 못한 그날들 떠올리며
지난난을 웃음으로 보냅니다.

민들레

겨울이 떠나가는 우리집 마당
뜰 안에 민들레 봄소식 갖고온다.
노란 마음 하이얀 마음
얼었던 동토에 해빙이 시작된다.

동녘 하늘 밝히는 삿갓봉 정상
햇살은 가파르고
실개천 따라 버들피리 움터가네.

어린 날의 추억 가재 꾸꾸리
철렵하며 소박하던 동심이
마음속에 아름다운 추억이 된다.

봄은 이리도 민들레 꿈으로 와
생명을 열어준다.

50

무언의 침묵으로 인내하며
어떤 이야기 간직하였을까.

어수선하고 혼잡한 세상에
너의 침묵 끝 피어나는 웃음에서
삶에 또 다른 지혜를 배운다.

가슴으로 여는 하루

한 해의 사연을 그리움에 묻으며
순간순간이 아쉬움으로 남는다.

계절을 재촉하는 시간의 그림자가
삶의 언저리되어 노래로 남는다.
쫓기듯 지나가는 일상의 이야기
희망을 기원하는 기도로 무릎 꿇는다.

어제의 어려움이 평화의 노래로
고달픈 삶이 인내로 성숙하여 가고
평강으로 인도하는 오늘이 되게 하소서.

이리도 힘들게 걸어가는 삶 속에
한 해를 마무리할 12월의 첫날
모두가 지쳐가는 현재의 삶이

52

배려와 사랑으로 회복되고
끈질기게 버티는 코로나의 악몽에서
경제가 파탄나는 현실에서
회복되는 소망의 빛을 보게 하소서.

요즈음 회자되는 내로남불이라는
희귀한 말도 협치 하자고 하는 어깃장도
해답이 아님을 알고 서로 사랑하는
아름다운 이 나라의 모습을 보게 하소서.
내일을 준비하는 우리의 생활이
희망으로 열매맺기를 기도합니다.

강화 나들이

쾌청한 아침 공기 쭉 뻗은 강변도로
김포 평야 흔적 지우는 빌딩 숲
작은 외길 밀리는 차량 행렬
휴일 보내는 일상적인 풍경
출렁이는 파도 서해가 반긴다.

오랜만에 지인과의 하룻길 여행
민족의 태동과 상징적 역사의 고장
어촌 마을 갯벌 포구 조화 이룬 도시
먹거리 찾아간 초가 보리굴비 정식
정겨운 옛 음식에 마음이 풍요롭다.

수많은 변천사 민족의 애환이 머물고
개항을 준비하며 근대와 현대사에
영욕을 같이하던 지난날의 기억들

교동에서 바라본 낯선 땅 북녘에는
풀지 못한 민족의 서러움 아픔이 된다.

석양에 동양화 그리듯 나르는 기러기 떼
낙조의 그늘에 펼쳐지는 갯벌의 향연
망둥이 찾아 훑치기 하는 낚시꾼
찬란한 불빛에 사랑이 싹트는 카페
하루의 일상이 피안의 세계로 찾아든다.

오늘을 살며 역사를 새로 써가는
그리움으로 남을 아름다운 추억들
서두름 없는 삶 속에 찾아보는 기쁨
천천히 걷는 느림보의 걸음에서
행복을 찾아 내일을 준비한다.

겨울비

똑딱똑딱 흔들리는 시계 소리
촘촘하게 짜여진 일상이 멈추고
입춘 넘은 2월 시간 잃은 겨울비
처마 끝에 서럽게 운다.

어차피 흘러가는 세상
혼자 거니는 걸음도 아닌데
외로움 끝에 매달린 삶
걸어가는 나그네 인생
조바심 안고 서러움 왜 느껴올까?

하루는 원망 하루는 위로로
매일매일을 그려나가는
알 것도 모를 것도 같은
언제나 빙빙도는 내 마음 빈자리

희망의 겨울비 봄맞이 전령이 된다.

고향 친구

어릴 적 추억 먹으며 살아나는 기억
연어의 꿈이 되어 다시 찾은 고향길
그리움 묻은 소망이 살아난다.

돌아올 길 돌고 돌아 회한의 사십여 년
초가집 좁은 길목 소꿉놀이 동심 어린 꿈
기억으로 되살려 그리움 먹고 사는 나이
어머님 품속 같은 따듯한 사랑을 느낀다.

친구 찾아 오가던 이십 리 길
어설픈 기억들 작은 도랑 오솔길 시냇물
변한 산천 지나간 세월의 아련한 흔적
너와의 추억 어디서 다시 시작해볼까?

길고 긴 자전거 행렬 통학길 진풍경

만나는 시간 하루가 지났을 뿐인데
다시 보면 반갑기만 하던 너의 모습
지나간 세월 마음속 한 장의 사진이었다.

친구여! 이제는 앞날을 먹고살자
매일매일 떠오르는 태양을 맞이하며
살아가는 세월 버겁고 힘들고 지쳐서
초라하고 보잘것없을지라도
소중하던 지난날의 지혜를 더듬어
아름다운 황혼길 웃음으로 가자꾸나.

군밤

겨울바람 군불에 잠재우고
고즈넉한 창가에 달빛이 내린다.

늦가을 산골짜기 찾아 주워모은
크고 작은 알밤들
황토방 아궁이 이야기 만들어준다.

눈이 오다 물이 되는 날
떠나지도 버리지도 못한
세월의 조각들이
쓸쓸함으로 몰려와
힘겨운 삶을 스치듯 지나간다.

이른 아침
까치는 왜 왔나?

60

먹이 찾아 숨이 차도록

울어대더니 내일도 오려나.

아침이면 찾아오는 햇볕에

내 마음 창가에 머물러

너를 향하는 그리움

숨겨둔 이야기 내어놓고

사랑으로 내일을 준비해 가리.

길 없는 길

밤하늘의 별 친구 삼아
마루 위에 누워본다.

소담한 마음 그림으로 그리며
펼쳐가는 추억 속 동화나라

별빛 내려와 속삭이듯
들려주는 사랑의 이야기

밤하늘 이불 삼아
행복을 담아본다.

아련히 들려오는 소쩍새 울음
어느새 달빛 베고 잠이 든다.

낙엽

문득문득 살아나는 그리운 기억
고라니 다람쥐 뛰어노는 천국에
자연의 숨소리 찾아 발길 내딛는다.

벌거벗어 초라해진 외로운 산길
사그러진 풀밭에 뒹구는 낙엽
흘러가는 세월에 내 마음 같이 한다.

풍요롭던 지난 날 훌훌 털어버리고
자신을 비워 미래를 준비하는
자연의 질서가 삶에 스승이 된다.

흘러간 추억 마음에 담아
한 줄 한 줄 엮어 가는 인생의 노래
숲속에서 느끼고 바라보며

희망의 메시지 담아본다.

발끝에서 느껴지는 자연의 숨결
잊지 않고 간직하리니
외길 걸어가는 삶의 한 모퉁이
너와 동행하며 행복을 찾아가리.

두릅나물

봄 향기 물씬 풍기는 사월의 뜰 안
화사한 햇빛 평온한 오후를 선물한다.
라일락 꽃잔디 개나리 제비꽃
작은 정원 바라보며 희망을 노래하네.

앞산 진달래 지고 철쭉꽃 피어
어릴 적 기억 살려 올라보는 산허리
가시 돋힌 두릅나무 새순이 싹터
가는 길손 붙잡고 추억을 되살리네.

엄마의 두툼한 손 아버지의 정성
내 삶의 좌우명으로 존재하는 그 모습
당신들의 사랑 오늘을 이끌어 갑니다.

어느새 할아버지 되고 할머니로
님들이 걸어가신 그길 따르며

삶의 길 사랑 주는 전령이 되어
살아 생전 그 모습 닮아 가게 하소서.

실개천 미나리 엄나무 순 다듬어
웃음으로 맞이하는 추억의 밥상
오늘도 행복 찾아 걷고 또 걸어
다가오는 내일을 준비하게 하소서.

가족 여행

유난히도 더웠던 7월 하순, 바다 향기 맡으며 숲속을 거닐고픈 마음으로 남해의 푸른 물결이 출렁이는 거제도를 찾았다. 모처럼 계획한 3박 4일 여행, 큰딸 6학년, 둘째 아들 4학년, 한창 친구 좋아하고 꿈이 커져갈 나이. 새로 구입한 캐피탈 승용차에 휴대용 아이스박스에 얼음을 채워 임시 냉장고로 활용하며 오랜만에 가족이 함께하는 시간은 우리들만의 즐겁고 유익한 시간이었다. 장승포항을 돌아 해금강에서의 바다 동굴 속 여행, 몽돌 해수욕장에서 즐겨본 해수욕 등 거제의 비경은 우리 가족의 추억 속에 오래 간직 하리라.

어느덧 해가 저물 무렵 진주 남강댐에서 석양에 지는 해를 보내고 모텔에서 여장을 풀고 남강 유원지를 돌아보며 시간을 보냈다. 임진왜란 당시 논개의 애국 정신이 어린 촉석루 강변 따라 잘 정돈된 산책길을 걸으며 고수부지에 여름밤의 더위를 식히기 위해 가족들이 여기저기 모여있는 풍경은 참으로 좋아 보였다. 삼복더위에 숙소에서의 더위도 만만치 않았지만 우리

가족만의 모처럼의 나들이에 즐거워하는 아이들을
바라보며 '행복이란 바로 이런 것이구나' 하는 생각을
하였다.

　이튿날, 통영에 들려 이순신 장군의 유적지를 돌아
보고 남해 상주 해수욕장 물놀이로 한나절을 보냈다.
오후에 보리암을 찾아 태조 이성계에 얽힌 조선 왕조의
태동 이야기를 아이들에게 들려주며 역사의 현장에
있음을 새삼 감회로 느껴보는 순간이었다. 어린 두
자녀에게 시대적 상황과 조선의 건국 실화를 알아 들을
만큼 설명하고 우리는 산청 방향으로 차를 운전해 유평
계곡을 찾아 물놀이를 하였다. 단풍나무가 끝없이 도로
위를 덮은 계곡에는 작은 강만큼이나 물이 흐르고 군데
군데 작은 호수 같은 웅덩이가 있어 물놀이를 하였다.
계곡에 흐르는 물이 헤엄치고 놀기 좋을 정도로 적당
한 정도의 물이 흐르고 있어 꽤나 유쾌하게 노는 남매
의 모습이 너무나 예쁘다. 영남과 호남을 두루 품은
지리산, 우리나라 최대의 명산 중 하나인 이곳은 계곡이
깊고 물이 많아 여름철에 피서객들이 곳곳에 텐트 치고
야영하는 모습은 잠시 쉬어가는 여행길에 또다른 즐거움
중에 하나였다.

몸이 피곤할 정도로 시간을 보낸 우리는 숙소만큼은 편안하게 머물려고 다시 진주로 돌아와 숙박하고 여행 3일째 지리산 천왕봉 최단 코스인 중산리로 향하였다. 가는 길에 계곡을 가득 채우며 자라나는 대나무 숲을 바라보며 여러 가지로 아름다운 모습을 보여주는 자연에 다시한번 감사를 드려본다. 녹음이 더욱 짙어 지는 7월의 햇살은 무척이나 강렬하다.

다리 밑 그늘에서 쉬며 잠시 물놀이로 몸을 식히고 천왕봉 중턱쯤 오르다 아이들이 지쳐 산을 내려와 마지막 날 피서를 편안하게 마무리하기 위해 부곡 온천으로 향하였다. 경남 지방의 내륙 중심에 있는 창녕군에 소재한 부곡 온천은 발견한지 얼마안되는 우리나라 최고의 수질과 유황성분이 제일 많은 대표 온천 중 하나이다. 무더위로 인한 습한 기온과 35도를 뛰어넘는 더위에도 불야성을 이루는 관광지의 모습은 또다른 문화를 보여 준다. 더운 물에 몸을 씻고 하루의 일정을 마무리하는 시간, 피곤한 아이들은 금방 잠에 떨어져 하루를 꿈속에 보내고 이튿날 부곡하와이 관람 야외 수영장에서의 즐거운 물놀이, 하와이 공연단의 알로하 공연 등 추억의 한 페이지로 저장되는 아름다운 시간들을 보냈다.

이번　여행지의 마지막 코스 진영에서 갈비로 식사하며 피곤 하였던 육신을 회복시키고 며칠만에 까매져 구리빛으로 변한 아이들의 얼굴에 환한 꽃이 핀다.

　지금도 가끔씩 기억되는 그때 그 시절 부산에서의 20여년 삶의 한부분, 건강하고 웃음이 있고 안정된 가정에서 건강과 함께 누렸던 행복한 순간들. 지금은 각자의 가정을 꾸미고 살아가지만 아름다운 추억의 한 페이지로 오늘을 살아가는 힘의 원천이 되어 행복과 사랑의 한순간으로 나의 인생길 큰 힘이 된다.

관동 연가

단풍잎 낙엽되어 흩어지는 11월
햇살 밝은 동해 출렁이는 파도
늦은 가을 여행길 설레임 더한다.

지나간 날들 그리며 추억 만들고
저무는 계절에 시간을 붙잡는 마음
오늘의 삶의 이정표가 된다.

대관령 돌고 돌아 파아란 수평선
동해를 품은 효의 고장 강릉, 삼척
역사의 현장에 내 마음 담는다.

정철의 충절 이사부의 나라 사랑
오죽헌이 말하는 신사임당
이율곡 선생의 어린 시절 숨결

시대를 넘어 그리운 역사의 현장
넘실대는 파도에 지난날 묻히어간다.

삼척 촛대바위 정동진 석양에 기대어
오랜 지인들과 나누는 사랑
가을의 정취를 더하는 낭만의 추억
오늘의 쉼표에 안식을 더하리니
황혼길 인생 여정 잔잔한 미소로 답한다.

기도

삶이 마음을 힘들게 하네요.
때로는 긴 터널이 계속되네요.
오늘도 구름 뒤에 숨은 마음
덩그러니 낯선 곳에 홀로 남아
사랑이신 주님 바라봅니다.

당신은 나의 별이고
때로는 깜박이는 등불이고
어둠을 밀어내는 보름달
하루하루 밝혀주는 태양으로
나의 삶을 이끌어 줍니다.

기도는 생명입니다.
오늘을 숨쉬게 하는 호흡이며
가슴을 설레이게 하는 기쁨이고

한없이 흘러 내리는 눈물을
닦아주는 사랑입니다.

순간순간 흩어진 마음 붙잡고
소망을 갖고 나아갑니다.
원망과 불평은 떠나보내고
당신의 사랑만 기억하게 하소서.
감사의 하루가 되게 하소서.

계절 따라 피고지는 꽃
스치는 바람에도 느껴지는
당신이 주시는 향내 맡으며
인도하시는 기쁨으로
무릎 꿇고 하루를 시작합니다.

바람

계절이 지나가는 들판에
자연의 소리가 소식을 전해온다.

Covid 19와 더불어
쓸쓸함을 더해주는 1월의 칼바람
어제 내린 눈이 대지 위에 씨 뿌리듯
좁쌀이 되어 벌판에 휘날린다.

앙상하게 여윈 나무 그림자를 밟으며
태양은 왜 저리도 남쪽으로 치우쳐서
하루를 가우뚱하게 만들까?

쫓기듯 지는 해 이내 서산에 걸려
싸늘하게 떠오르는 달을 맞이한다.
시간은 발걸음 멈추듯 하루를 붙잡는다.

내 마음 세월따라 흘러갈지라도

바람 따라 전해지는 삶의 이야기들

추억을 이어주는 향수로

사랑으로 열매 맺기를 기도하며

오늘도 행복한 미래를 초대한다.

밤비

어둠을 가르는 빗소리 들으며
어제 뿌린 씨앗의 소망을 듣는다.

미루지 말고 지금 하라고
봄비는 저리도 시절 따라오나.

속삭이듯 들려오는 생명의 소리
너무 좋아 그대에게 감사의 마음
전하고 또 전하여 봅니다.

혹이나 내 마음 말라가면
당신이 주던 그 사랑 생각하며
곱게 피어가는 꽃들의 희망을 볼께요.

자연의 섭리에서 지혜를 배우며

감사하며 살아가야 할 이유

향기로운 삶의 노래가 됩니다.

부산 딸

잊혀져가던 젊은날 꿈의 고향
그리움 묻은 23년 삶의 애가
그곳에 어릴 적 추억을 찾아
내일을 만들고 희망을 꿈꾸며
살아가는 우리 집 큰자식 살고 있네.

두려움 없이 살아가던 그 시절
내 삶에 그려진 일기장 한 페이지
사연 찾아 돌아보는 순간들이
애틋함 더하여 지난날을 회상한다.

흘러간 시간 속 그려온 그림
얼마나 마음에 담아 그려갈까.

지난간 순간들이 아쉬움을 남기고

아련한 이야기의 한 부분이 되어
동행하던 해운대 송정 해수욕장
기장 멸치 월전 바다 장어 마을
노을길 걷는 삶의 큰 기쁨이었다.

우리 부부에게 안겨준 주님의 선물
오늘도 기쁨주는 축복의 통로
사랑의 노래 웃음 주던 어릴 적 모습
지나간 세월의 가장 큰 행복을 주던
너희들의 삶을 기도로 응원한다.

보름달

늘어진 전선줄 위에 초롱불 걸렸다.
누가 가져다 달아 주었을까?
구름 속 하늘나라 비밀 갖고 와서
밤새 이야기 하려나보다.

석양의 햇볕 배불리도록 먹고
같이 놀아줄 친구 찾아
숲속이나 초원을 산책하려는가!

아름다운 꿈을 반짝이며
별들도 소꿉놀이 시작할 시간
너희들만의 하늘 정원은
즐거운 대화로 이야기꽃 피어나겠지.

보아라 창가에 찾아드는 달빛 사연

졸립다 깜박이며 익어가는 밤

들려오는 자장가 잠드는 아기별

때때로 소식 나르는 운석 편지

모든 것이 평화로구나.

여름날 춤추는 반딧불이 벗삼아

휘엉청 중천 밝히며 기쁨주 는

너로 인해 내 삶이 즐겁게 흐른다.

미나리

삿갓봉 흐른 물길 남한강 향하고
두 봉우리 교착점 두물머리 되었네.
작은 시내 바위틈 가재 송사리
미꾸라지 넘나들며 봄을 깨운다.

새순 돋은 원추리 망초대 질경이
손 닿는 모든 것이 봄나물 한 상 가득
자연에 짙은 향기 실개천에 배여
파아란 미나리 미각을 깨운다.

고향살이 웅지 틀며 정성으로 가꾼
10평 남짓 맑은 물에 미나리 밭 가꾸어
오는 길손 맞아 한 소쿠리 가득 담아
정으로 이어지는 함박웃음 선물한다.

제철 밥상 미각 돋우는 물김치로

자연의 맛 가득 담은 향기 짙은 부침개

오늘은 익혀서 나물반찬 비빔밥으로

청정 지역 돌미나리 맛에 사로잡혀

농촌에서의 삶이 즐거운 하루가 된다.

고희 나들이

인생길 돌고돌아 고희를 넘어본다.
어제 같이 흘러간 지난날
남기고 지나간 일들 가슴에 안고
청주 공항 비행길 삼다도를 찾았다.

무더위 주춤하고 가을빛 비추이는
바닷길 하늘을 닮은 낭만의 푸른 섬
활주로 끝자락 영혼을 싣는다.

비경 이어지는 구릉 지대 산굼부리
성산 일출 허브동산 비자림 추억 만들고
에코랜드 낭만 열차에 몸을 싣네.

팔순을 넘은 노부부 친구 삼아
피곤을 걷어 차고 걷고 또 걸어

민속 마을 갈치 정식 맛을 더하네.

이제사 돌아보는 인생길 열차
종착역 가깝지만 미련은 버리자.
희망을 채우는 열차에 몸을 담아
달려가는 나만의 길 내일이 새롭다.

봄 편지

자연이 소식을 전해 옵니다.
귀 기울여 보세요 어디에서인가
속삭임이 들려옵니다.

따사로운 남쪽 바람 불어와
꽃향기 안고 포근히 다가와
실개천 버들가지 살며시
웃음으로 반기네요.

길고 길었던 동토의 늪을 헤치고
햇살 받아 느껴보는 상춘의 설레임
어제 오늘을 이어오는 생명의 소리
희망의 날들을 선물합니다.

마른 나무에 봄물 오르고

햇빛 스며드는 양지 바른 언덕

개나리 민들레 얼굴 내미는

애틋하고 행복한 사연 적어

그리운 벗들에게 소식 전합니다.

언제나 사랑하고 건강하세요.

마음속 정원에 꽃을 심으세요.

매일매일 기대하는 인생의 봄

자연이 호흡하는 언덕길 걸으며

희망의 날들을 초대합니다.

고마운 인생길

감았던 눈 속에서
어둠을 보았고
나만의 세상을 경험하던 날

홀로 남아 뒹굴어진 초라함
텅 빈 가슴에 구멍이 뚫렸다.

절망을 걷어내고 희망을 기원하며
내가 숨쉬고 걸어가던 그길에
곧은 줄 알았던 그 마음 찾아
주인이 되어본다.

가슴속 깊이 돌돌 샘물이 흐른다.
창밖을 바라보며
턱 밑에 차오르던 외로움 떨치고

나비처럼 날아 허공의 꽃이 된다.

홀로 남아 또다시
강가에 서성거릴 때
물결에 출렁이는 내 삶의 노래
예쁜 사랑의 이야기로 남아
마음의 빈자리 채우며 살아가리.

사랑을 말해봐

햇살이 살며시 창문을 연다.
싱그런 아침 살짝이 오신 손님

고개 들어 바라보니
어여쁜 꽃잎 한 잎 두 잎
웃으며 사랑으로 말하네.

꽃향기 너무 좋아
사뿐사뿐 찾아드는 나비
불어오는 봄바람 사랑을 말하네.

수줍은 내마음 어쩌나
따사로이 어루만져 주는
햇살에 하루를 기대어
행복을 꿈꾸며 사랑을 말하네.

삶이 길을 만들 때

세상에 맞서며 사는 것이
어찌 하루 이틀이리요.

동그라미 그리며
저녁 노을 맞이한다.

잎이 떨어진 빈 나무 가지에
쉬었다 가는 산새들
나무야 덕분에 잘 쉬었어
사랑을 이야기한다.

혼자 걷기 힘들어
서로 의지하며 익숙해진 길

오늘도 내 삶의 꼭짓점은

희망으로 꽃 피어나고

누군가에게 웃으며

향기로운 추억 하나 만든다.

삼길포 사랑

햇살 내닫는 포구 바닷길 열렸다.
짙어가는 나뭇잎 바람에 날리고
사랑 실은 승합차에 웃음꽃 피네.

마스크 친구 삼아 살아가는 힘든 세월
마음속 숨겨둔 대화 오랜만에 정겨웁다.

녹색빛 바다 위 갈매기 떼로 날으고
낚시꾼 드리운 끼에는 행운을 담네.

오늘의 삶에 행복을 더하자
하나로 엮어지는 우리의 노래
진솔한 이야기 묶어 삶을 만든다.

가슴을 열어 희망을 이야기하며

사랑으로 동행하는 사람들

하늘빛 더욱 파래 오가는 길 정겨웁다.

얽히고 매듭지어 풀기 힘든 나날들

마음의 창 열고 사랑으로 희망을 엮는다.

동행하는 길손들 사랑을 노래하며

내일을 여는 우정을 만들어간다.

삶의 평안이 마음으로 젖어든다.

새벽

여명이 밝아오는 안갯속 나라
삶의 노래가 시작된다.

살다 살다 지나고보니
어느덧 익숙해진 시골 생활
빼곡할 것만 같았던 순간들도
어느덧 가벼워 가고
오늘도 창밖으로 눈을 돌린다.

세월이 가파르게 흐른 탓일까?
발걸음조차 나이를 먹어가고
하루를 시작하는 여정에는
고향의 푸근함이 같이한다.

별 한 송이에 사연 엮어

그리움을 남긴 어제 저녁

황토방 아궁이 구운 고구마로

추억의 다리 놓아본다.

밀치고 밀치우다

고독이 가슴 저며 올 때면

슬며시 잡았던 세월의 손 놓고

구김살 없는 나만의 찬가로

떠오르는 햇님을 맞이해 간다.

선물

오래된 사랑 정으로 이어가고
지금 걷는 길 용서도 하고
가슴으로 화해하며 사랑하는 일로
예쁜 이야기 만들어 가고싶다.

마음 추스리고 살아온 지나간 세월
하루하루 걷는 인생의 노을길
어린 날 이야기 기억 속 아련하고
그리운 추억은 애가로 남는구나.

젊은 날 품었던 욕망과 성취 좌절
중년에 경험으로 얻은 지혜 성숙함
돌아보니 발자국은 지워져 가고
세월의 흔적 얼굴에 꽃 피었네.

달음질 쳐서 달려 간다해도
미련으로 존재하는 삶의 한 모퉁이
그림자 남기고 사라지는 인생 여정
사랑하는 일로 마음 다스리며 살자.

밉든 곱든 같이한 추억의 동반자들
수평으로 놓인 철로길 길다 하여도
언젠가 마주하게 되어질 종착역
지난날 애틋하고 행복하였던 마음
사랑의 선물로 준비하리.

세상을 살아가는 이유

오늘도 세월을 등에 업고
십자가를 지고 걸어가고 있다.

참 아름답다 말씀으로 주신 세상
힘들고 지친 삶의 여정 동행하며
세상에는 고맙고 감사할 일이
더 많으니 인내하라 하시네.

누군가에게 웃으며 다가가고
서로 사랑하라 말씀하시니
그 진리 영원불변인가요?

당신이 주신 저 반짝이는 별빛
파아란 창공 흐르는 구름 조각
마음의 창을 열고 하루하루

102

징검다리 밟으며 걸어갑니다.

꽃 피는 봄을 아름답게 바라보고
만물이 풍성한 여름을 맞이하며
노오란 가을빛 주신 그 사랑 기대어
주님을 바라보며 걷는 길 행복합니다.

손자의 그림

햇살이 바람결에 실려온다.
감미로운 봄날 추억의 한 페이지
소중한 마음을 담은 사랑의
열매가 손끝에서 현실이 된다.

어느새 훌쩍 자란 두 손자
세대를 넘어 친구로 동반자로
삶의 에너지로 다가오네.

어릴 적 마음속의 사진 한 장 꺼내
추억으로 남는 소중한 기억들
작은 손놀림으로 기쁨을 만든다.

칠십여 년 삶의 흔적 주름진 미소
너희들이 주는 사랑의 속삭임

우리 집의 가장 큰 즐거움이구나.

할아버지 할머니로 살아가며
마음 담아 전해지는 인생 이야기
내 삶의 명작으로 웃음꽃 피어가네.

순종

꽃 한송이 그리운 계절
햇살에 다가오는 봄향기

살아가는 삶이 가파르고
지난날이 달콤한 추억으로
가엾게 느껴지는 날들

커피 한 잔이 위로가 되고
친구가 더 그립고 외로울 때

생각의 꽃을 피웁니다.
사랑으로 미래를 설계합니다.

고이 간직한 단 하나의 사랑
오늘도 아침 햇살로 다가와

소담한 꽃송이로 피어나

당신을 향하여 가는 이 마음

아름답게 피어가게 하소서.

엄마의 수제비

소리 없이 대지를 적시는 봄비
외로움 벗삼아 어린 날을 회상한다.

마음속 깊이 간직한 최고의 보물
사랑만을 주고간 부모님 그리워
사연 적어 편지를 띄워봅니다.

세상을 비집고 나오는 파릇한 새싹
진달래 붉게 물든 햇볕 좋은 산자락
화사한 봄빛 더해 추억 속의
당신들의 발자취 더욱 생각납니다.

봄비가 초록 초록 내리는 날이면
잊을 수 없는 또 하나의 기억

밀가루 반죽 정성스레 다듬어

열 남매 끼니 걱정 챙겨 주시던

엄마의 그 손길 그립고 그리워

간절히 보고픈 이 마음 전해봅니다.

열매

살아가는 현실이 외로울 때
내 삶을 노래하는 최고의 동반자
친근하게 다가오는 너로 인해
오늘도 보람찬 하루를 살아간다.

나뭇잎 피기 전 꽃잎 날리고
어느새 새순 돋아
시간이 세월을 끌고감을
느끼고 내일을 준비하네.

햇살 받은 창가에 앉아
추억 속 지난날 바라보며
사라지는 그리움의 순간들이
또 하나의 일기로 쓰여진다.

미움을 사랑으로 감싸주고
겨울을 인내하는 인동초의 꿈

숱한 나의 인생 이력서
오직 사랑으로 대신하는
그 열매 소망으로 기원하며
주님 향한 비전을 멈출 수 없어
오늘도 순종의 길 걸어갑니다.

옥수수 들깨밭

산줄기 능선 허리 굽힌 끝자락

일 년생 잡초 헝크러져 물골 메우고

소리 없이 내리는 정오의 봄비

달래 냉이 조용히 긴 잠에서 깨어난다.

마른 풀잎 스러져 가지만

새 생명 움터오는 봄비 소식

아픔 속에 출산을 반복하는

수만 번 되풀이되는 자연의 비밀

어느 것은 유익한 식량으로

어느 것은 성가신 잡초로

들판에 작은 열매로 자라나

향기로 유혹하여 미각을 자극하는

다양한 종류의 먹거리들

작년에 심어본 들깨는 긴 장마 끝에
그나마 반타작 나눠 먹자던 옥수수
큰소리 대신 흉내만 겨우 내고
자연에 대한 중요성 새삼 알게되었다.

나는 초년 농부로 어디쯤 와서 있나
밭자락 끝 잠들어 지켜 보시는 부모님
살아 생전 부지런하게 살아가신 모습
지금도 감사함으로 인내를 배우며
자연 사랑으로 풍요의 내일을 꿈꾼다.

요양원 연가

동쪽 하늘 기대인 송림숲
작은 골 햇살 받아 사랑이 머문다.

주황색 벽돌 황혼을 물들이고
이십여 명 남짓 영혼의 처소에는
삶의 애환이 추억으로 남는다.

몽환의 기억 속에 웃음이 싹튼다.
사랑만이 그리움으로 쌓여간다.

그리움 더한 한 편의 마음속 일기
아련한 흔적들 기억 속 연륜의 노래

얼굴에 피어있는 노년의 흔적
행복인가? 아쉬움인가?

114

흩어지는 추억을 찾아

미소로 풀어가는 인생길

평안을 기원하며 응원합니다.

운무

하늘이 너무 파래 시린 날
허공에 흐르는 작은 조각배
가을의 청아함이 꿈을 싣는다.

산과 들 벗 삼아 솜사탕 내려주고
우주 속 숨겨진 비밀 담아내려나

조용히 흐르는 하늘의 정적에
그림 그리듯 펼치는 신들의 축제

창공에 그려나가는 풍경화
공간의 감동이 그림으로 남는다.

나 오늘 이곳에 소망의 닻을 달고
끝없이 펼쳐지는 미지의 세계로

116

내 마음 노저어 내일을 향해 항해하리.

주님과 함께

내 나이 8살에 주님을 처음 만나
구원의 소망을 알게 되고
사랑과 순종을 배웠습니다.

하나를 만나면 또 하나의 문을 열어
진리를 찾게 되고 말씀의 오묘함에
눈을 더 크게 뜨게 되었습니다.

광야의 삶에서 경험한 숱한 불면의 밤
나보다 더 힘들어 하시던 주님의 손길
눈물을 경험하며 나를 향하는
당신의 사랑을 알게 되었습니다.

남을 이해하고 용서할 수 있음에 감사
내 것을 나누며 기쁨을 간직할 수 있음에

기도로 대화하고 응답하여 주심에
잘했다 칭찬하시는 사랑에 감사합니다.

오늘도 햇살에 눈 녹듯이 다가오는
이 세상 최고의 희망 주님과의 만남
서로 사랑하고 실천하라 당부하신
진리의 말씀 기억하며 살아갑니다.

줄다리기

이별이 너무 재빠르게
시간을 삼킨다.
가자 가자 쫓기우듯
세월을 배웅해본다.

부모님 희망 신고 출발해 보니
내 괴로움에는 이유가 없었다.
서울과 부산살이 40여년
다시 찾은 고향길엔
반가움 반 서러움 반 같이하네.

닭 울면 새벽의 자명종
하룻길 길목은
나와 시간의 줄다리기
구김살 없이 살려고

오늘도 심호흡하며 가고 있소.

인생은 헤엄치듯 가고 있는데
시가 쓰여지는 것은
내 삶이 녹록치않기 때문이오.

휙 휙 세월을 뒤로 하고
사랑 찾아 인연 찾아
사연을 다듬고 다듬어
찾아가는 황혼의 길
어머니 품속처럼 따뜻하오.

지리산의 미소

가을 바람 향기로 계절을 알린다.
가족과 함께한 지리산 여행길
풍요로움 마음에 담아
경호강 물줄기에 실려보낸다.

유평 계곡 십여 리 긴 단풍 터널
발길 붙잡는 대원사 풍경소리
길손의 발걸음 홀연히 멈추어선다.

보일듯 말듯 구름에 숨은 천황봉
길게 뻗은 산줄기 능선 따라
쉼을 주는 자연이 기쁨을 준다.

사랑으로 익어가는 가족 여행
행복이란 여유를 가져본다.

122

세상 속의 삶이 일치가 된다.

언젠가 먼 훗날 간직할 추억
떨어지는 낙조에 내 마음 실어
가을 향기 맡으며 이날 기억하리.

진해 벚꽃놀이

마음에 톡 쏘듯 다가오는 그리움
봄 향기 아지랑이 피우고
4월의 눈부신 햇살 설레임이 더한다.
40여년 전 추억에 내 마음 실어본다.

그리운 부산 잊혀져 가는 삶의 한 자락
우리 집 장녀 다섯 살, 아들 세 살
마냥 즐거운 남매의 추억의 한 페이지
길가 가로수 물 오르고 새순도 새록새록
어린 동심 이끌고 나들이 나섰다.

구부러진 길 떠밀리는 차량 행렬
설레이는 상춘객의 동심은 능선을
헤엄치듯 넘고 넘어서
어느덧 도착한 장복산 벚꽃 터널

124

떨어지는 꽃잎에 내 마음 설레인다.

멀리 진해항 하늘빛으로 빛나고
하이얀 제복의 해군 군악대
관광객 마음 이끌고 시가행진
군항제라 이름 붙인 느낌이 좋다.

충무공 정신 이어가는 충절의 고장
바다와 해군 균형 이룬 아름다운 도시
먹거리도 풍성하던 그때의 기억들
지나간 그 시절이 그리움 싣고 다가와
따사로운 봄날에 향수를 더한다.

참 좋았습니다

꽃이 피어나는 들판에
한 마리 나비이고 싶다.

때로는 뻐국새로 찌르라기로
계절을 찾아 둥지를 만들고
모나지 않고 둥글게 살아온 날

당신이어서 좋았고
내 편이어서 행복하였고
자식으로 인해 즐거웠던 날들

동그라미 안에 그림을 그립니다
너와 나 그리고 우리만의 이야기

삶의 버팀목으로 존재해 온 가족

한 쌍의 비들기로 행복을 만들고

때로는 가시고기로 헌신하며

사랑한 모든 것이 참 좋았습니다.

첫눈이 내리는 날

오늘 또 하루 그렇게 시간은 흐르고
늦은듯 반갑게 찾아오신 손님
나를 스쳐가는 모든 일들이
너 하나 나 하나 추억을 만든다.

호젓한 산책로 산까치 떼로 날으고
솔가지 위로 피어나는 하이얀 속삭임
가랑잎 긁어 군불 지피던 어릴 적 기억
세월 지난 강산에 내 마음 채워본다.

안 보이는 달이 자라 초승달 되고
반달이 되어 보름달로 변하는
매일매일 소리 없는 헤어짐
석양에 그리움 전하는 무언의 사연
내가 느끼고 숨쉬는 공간이 된다.

뽀득뽀득 하이얀 오솔길

문득문득 멈추듯 다가오는

흐르는 시간 벗 삼아

너와의 거리 좁히어 간다.

마음에서 쫓아 버리려 해도

너를 향한 그리움 손끝에 남아

기억으로 존재하는 모든 것을

뜨겁게 뜨겁게 사랑하리.

청소

고향 생각만 해도 아름다운 기억들
다시 꿈을 꾸며 정착한 10여년
어느새 칠순을 넘어 노년으로
바라보는 일상들이 회한에 잠긴다.

그 사이 부쩍 늙어 보이는 아내 모습
세월 탓일까 건강 탓일까 삶의 미련들
주님 주시는 비전으로 오늘을 소망한다.

집 앞 현관 마루 송화가루 쌓이고
5월은 자연이 누리는 축제의 현장
내일을 바라보며 정성 어린 마음으로
집안 구석구석 걸레질을 해본다.

다시 쌓이는 먼지 쓸고 닦아버리고

마음속 청소는 사랑으로 승화하고
금계화 피어나는 실개천 바라보며
오늘의 일상이 건강해진다.

지나간 세월의 아쉬움 뒤로 하고
추억은 한 편의 노래로 남기자.
삶의 그늘에서 회복한 긍정 에너지
나의 삶을 응원하는 마음의 청소
주님이 인도하시는 오늘이 즐겁다.

출장길

만리동 언덕배기 빨간 기와집
깊고 길은 골목길 덜렁대는 대문
열세 평 남짓 한옥 아빠 사랑 엄마 행복
두 남매 키우며 꿈을 먹고 살았네.

가을이 익어가는 9월의 어느 날
먼 길을 재촉하며 동행한 그길은
업무 겸 여행으로 고생반 기쁨반
춘천, 강릉, 속초, 영월, 제천, 원주,
소양호, 경포대, 설악산, 고씨동굴

딸아이 아장아장 칭얼대는 둘째 아들
힘 들었던 기억 속 아련한 추억들
삼박 사일 여정에는 잊을 수 없는
마음속 사진들이 살아가고 있네.

세월 지난 강산에 그 시절 머물지만

햇살 빛나는 9월 다른 길 가는 시간

파아란 수평선 위에 추억의 배 띄워

동해의 출렁이는 또 다른 인생 파도

내일을 기약하며 황혼길 벗이 됩니다.

피조물

향기롭던 삶에 그늘이 드리운다.
하나 둘 늘어나는 지인들의 어두운 그림자
하루를 살면 그 삶을 고마워할 나이
꿈 찾아 희망 찾아 거니는 노을길에
주님이 주신 은혜로 오늘을 살아간다.

제철 맞은 자연에 봄 향기 스미고
하늘이 맑아 더 푸르른 자연의 빛
구름 한 조각 희망 나르는 작은 조각배
떠나가고 다가오는 세월이 아쉽다.

어제의 작은 이야기가 행복이 되고
순리대로 적응하며 지나는 시간들
채움이 아닌 나를 비우는 순종으로
인도하고 동행하시는 주님 있음에

하루하루 살아가는 삶에 소망이 있다.

유한한 인생길 걸어가는 노년의 문턱
팔십, 구십, 백 세인들 미련이 왜 없을까
아브라함의 믿음 야곱의 축복
솔로몬의 지혜 구하면 주시는 주님
오늘도 응답 주소서 인도하소서.

살아가는 삶 축복의 근원인
그 소망 잊지 않게 하소서.
약속하신 생명길 주님 향한 발걸음
희망으로 벗 삼아 노을길 걷게 하소서.

하루하루 살다보니

밤하늘 깜박이는 별빛
걷다가 지쳐서 졸리운가 보다.
우두커니 한 해를 보내며
교차되는 마음 달래어본다.

어느새 이런 시간이 왔나
곱디곱던 청춘 남겨진 미련들
추억을 살려 인생길 걸어본다.

너에게 주던 내 사랑
언제인가 먼 훗날 무지개 되어
아름다운 시 한 편으로 남으리.

또 다시 시작하는 새해 첫날
무엇으로 한 해를 보상 받을까

봄이 오면 꽃이 피어나고
살아야 할 이유가 생겨나고
수많은 고난의 틈에서
십자가를 짊어지는 길이라도
이 또한 행복임을 알게 하소서.

통학길

아침 공기가 매서울 정도로 시리다. 친구들보다 1년 늦게 시작한 중학교 입학 3월의 셋째날, 설레는 마음으로 삼십 리 길을 걸어 학교에 도착했다. 초등학교 졸업 후 집안 형편상 진학하지 못하고 견디기 힘들 정도로 자존심이 상했던 나는 그 먼 길을 걸어 다녀야 하는 어려움보다 중학생이된 자부심이 더 컸다. 아버지를 졸라 입학하기까지 1년 동안 내 삶은 어린아이가 감당하기에는 힘들게 지나간 길고 긴 한 해였다.

14살의 소년 시절 새벽 5시 30분, 어머니가 준비하신 도시락을 책가방 속에 넣고 강바람 세차게 불어도 마다않고 오가던 길. 내 마음속 저장된 공간에서 추억을 끄집어 내본다. 뽀얀 먼지 속에 비포장길 달리던 버스를 외면하듯 부러워하며 3년여 동안 특별한 날에만 손으로 꼽아볼 정도 버스를 타보던 기억들. 30여리 길을 걸어서 오고 가는 것이 힘들었지만 나만의 학창 시절의 즐거운 추억의 노래가 있다.

통학길 중심에는 이호리 배미 나루터를 빼놓을 수

없다. 여름이면 달리는 차량에서 일어나는 흙먼지로 어느새 뽀얀 먼지를 뒤집어 쓰고 걸어서 도착한 이호리 배미 나루터. 어느 정도 사람이 모여야 배를 띄우는 뱃사공의 방침에 따라 우리는 항상 미리 도착해 사람들이 모이기를 기다려야 했다. 다행스러운 것은 우리 마을에서 나와 동행하며 오가던 몇 명의 친구와 선후배들이 있어 동거동락하며 의지하고 서로 등하교길 버팀목이 되었다.

겨울이면 영하 10도를 오르내리는 날씨에 추위를 견딜만한 운동화 조차도 변변치않아 시린 발에 동상이 생겼다. 여름이면 무좀과 물집이 생기는 여러 가지 원인으로 불평도 하며 가난한 집안이 원망스럽게 느껴졌다. 하루 왕복 5~6시간을 걸어서 집과 학교를 오가던 추억의 학창 시절, 자전거로 통학하는 친구들이 부러웠고 여주 읍내에 거주하며 학교를 오가는 친구들이 선망이 되던 시절. 먼 길을 동행하는 친구와 선후배가 없었다면 어리고 인내력이 부족했던 6년여의 중고등학교 시절을 어떻게 보냈을까 하는 염려. 예전 생각이 머리를 스친다.

그 시절에 시험 준비는 주로 통학길을 오가며 영어 단어를 암기하고 다른 과목도 중요한 부분은 메모를 해서 외우는 방법으로 그나마 근근히 중상위권을 유지하며 학교 생활을 보낸 것이 나 나름의 위안이라는 생각이 든다.

특히 추억으로 남는 통학길에 아름다운 기억들이 있다. 여름에 배를 따라 200m가 넘는 강을 헤엄치다 힘이 들면 쫓아가서 배에 올라 더위를 식혔다. 연양리 부근 긴 등길을 걸으며 이태리 포플러 그늘에서 선후배와 쌓아간 아름다운 우정들은 지금도 나의 가슴에 소중히 간직해보는 추억의 연가이다.

그시절 어려운 여건 속에 다져진 인내는 사회 생활을 원만하게 풀어갈 수있는 큰힘이 되었다. 40여년 성인 시절을 지나 노년기에 접어든 지금, 시골 고향에서 정착한 후에도 새록새록 떠오르는 아름다운 추억의 한 장면으로 남는다. 그 속에서 나의 첫사랑의 스토리가 탄생하였다. 처음써 보았고 지역사회 화제성을 만들어 주기도 했던 청소년 시절을 그려낸 유일한 단편소설 황토길의 배경이 추억 속에 존재한다.

모든 인생길에는 사랑이 사람을 만들어간다. 부모님의 사랑이 그러하고 형제 간의 갈등 속에 맺어져간 찐한 사랑, 친구와 우정을 나누던 그시절. 관포지교에 비유 할만 하였던 특별한 사랑, 사춘기 시절 수줍어서 제대로 표현하지 못해봤던 첫사랑. 성경에서 배우고 실천하려고 애써온 아가페 사랑 자녀들에게 물려주고 싶은 부모로서의 사랑, 지금의 손자들과 맺어가는 무한적인 사랑, 모든 것이 나의 생활의 버팀목이고 꾸준히 실천해나갈 앞으로의 과제들이다.

지금도 어린 시절을 떠올리며 그 통학길을 지나치노라면 배경과 환경적인 모습이 많이 달라졌고 주변이 정리되었다. 사라진 나룻배의 향수, 아스팔트 깔린 도로, 없어진 긴 둑길, 그 자리에 조성된 공원, 모든 것이 추억과 연관되어 크로즈업 된다.

중고등학교 시절, 어려운 여건에서 어머님이 싸서 주시던 도시락 온기 느끼며 오가던 그 시절이 문득문득 그리워진다. 동거동락하던 친구들이 그리워진다.

자동차가 대중화되고 모든 것이 부족함이 없는 지금의 풍족함이 평화처럼 느껴지지 않는 것은 왜일까? 마음속에 그 시절 느끼던 행복감은 어디에 있는지 그립기만하다.

고향을 떠나 그리워하고 있을 동변 상련의 옛친구들. 세상과 이별하였다는 안타까운 소식들. 오고 싶어도 오지못하는 추억 속의 얼굴들, 모두가 그립다.

10여년 전 어려운 여건 속에 고향으로 내려와 이제는 지나칠 정도로 조용한 삶을 살아가는 내 모습에 행복을 그려본다. 새벽 5시 기상, 주님과의 만남도 즐겁고 봄에서 가을로 이어지는 자연과의 대화. 1500평 남짓한 농사의 무게를 잘 이겨 나가는 내가 대견스럽다고 느껴질 때가 많다.

　　이제는 따스함으로 부모님이 주신 여건들을 잘 살리고 이웃사랑과 숱한 좌절에서 나의 길을 인도하여 주신 주님의 참사랑을 우리 자녀들에게 제일 큰 유산으로 남겨주고, 노후의 삶이 굴곡없이 평범하며 아름답게 이어지길 소망하며 기도한다. 무엇보다 여주로의 통학길에서 배운 6년의 삶이 인생길 인내의 원천이 된 것에 감사한다. 그 시절이 평생 동안 가장 아름다운 추억으로 남는 것에 보람이 있다. 어려운 형편에 제대로 뒷바라지 못해 안스러워 하시던 부모님을 기억하며 추억에 젖어본다.

　　오늘도 나는 자녀와 형제들에게 사랑의 메시지를 전하며 살아갈 수 있음에 보람을 느낀다 .

해동 수원지

부산의 도시 속 숨어 있는 명소
남해의 푸른 물결 먼발치 두고
태백산맥 끝자락 웅지 틀었네.

철마에서 금정산 줄기에서
긴 여정을 끝내고 마주한 물줄기
넉넉함으로 자연을 포용하네.

둘레길 걸으며 느껴보는 편안함
오고가는 길손 머무는 작은 산장
카페에는 너와 나 사랑이 같이한다.

우리밀 찐빵 한 소쿠리 가득 한정
40년지기 우정에 행복이 싹튼다.

144

친구여 형제들이여 아옹다옹 한평생

무슨 큰 의미로 오늘을 살아가나

남은 인생길 헤아릴 수 없는 여정

지금에 만족하며 행복하게 살자구나.

학교 운동장

햇살처럼 맑은 동심의 시절
나는 하루를 꿈꾸고
높은 하늘을 바라보고
푸른 들판을 좋아하는 아이였다.

별을 보며 나 혼자 한 이야기들
꽃을 좋아하시던 엄마의 사랑
책을 읽고 글쓰기 좋아하던 아이
그 시절 너무 그립고 아쉬워
세월의 다리놓아 운동장을 걷는다.

마음에서 풀려나오는 이야기들
아직도 저리듯이 다가오는
가슴에 고이 품은 소중한 추억들

146

붉게 떨어지는 낙조를 바라보며
사랑으로 수놓아 글을 적어보고
소중히 간직해 가는 나만의 이야기
흘러간 시간 속의 아름다움 찾아
내 마음 적시고 내일을 준비하리.

향기

파아란 하늘에 떠가는 작은 조각배
외롭고 외로워 석양 한 줌 뿌렸는가

발그레한 처마끝 지는 해 붙잡고
붉게 떨어지는 낙조를 벗 삼아
자연을 물들이며 오늘을 보낸다.

우두커니 바라보는 하루의 일상이
왜! 이리도 아쉬움으로 남을까

문을 열어 바람이 전하는 사연
그리움으로 맞이하며 귀 기울인다.

제비꽃 민들레 개울가 싸리꽃
제철을 준비하는 자연의 일상들이

148

겨울을 녹이며 봄 향기 보내온다.

홍천강

여름 더위 삼복 팔월의 휴가지
구름이 쉴 곳을 찾다가 기대인
정자나무 매미소리 들으며
하루의 삶을 평안으로 맞이한다.

경춘 고속도로 자연과 어우려져
녹음이 더 짙어가는 산과 들
휴식 찾은 나들이에 가슴이 설레인다.

고갯마루 굽이굽이 쌓이는 능선
마음은 이미 목적지에 가 있고
파아란 하늘 외로운 구름 자락
실개천 모이는 강가 우리를 반긴다.

달음질하듯 달려온 하루하루

불어오는 바람 속에 느끼는 꽃 내음

어우러진 삶의 한 모퉁이

긴 인생의 여정에 아쉬움 남는

지나간 자리 오늘의 추억이 된다.

시원한 매미 소리 벗 삼아

흥얼거려 보는 동심 어린 내 모습

물이 자연을 만들어가는

아름다운 산천 아름다운 사람들

사랑으로 같이하는 삶이 즐겁다.

화진포

관동의 비경을 품은 막다른 길목
끝없이 높아 푸르름이 더한 하늘
바라보기조차 시려오는 푸른 바다

이별의 아픔을 애써 외면하듯
파도는 오늘도 쉬임없이 다가온다.

어두웠던 지난날 민족의 흑역사
금강산 설악산을 지척에 품고
같은 장소 바라보는 다른 시선
분단의 서러움이 이곳에 있네.

하이얀 백사장 수평선 바라보며
시대의 인물들은 이곳에
영혼을 두고 떠났지만

이루어야 할 우리만의 숙제가 있네.

경원선 철로길 막히고 그리움 남은
사랑만은 두고온 그날을 안다
가는 세월 잊혀지는 추억의 현장
바람이 그날의 사연을 전하여온다.

황혼 부르스

아무 말 없이 그냥 웃어주세요.
우리만의 이야기가 있잖아요.

나의 마음을 헤아리는 그 눈빛
마음으로부터 읽어지는 대화
삶으로 이어지는 기쁨입니다.

오늘도 걸어갑니다.
당신과 함께하는 순례의 길
마주하는 손길이 기쁨이고
사랑의 대화입니다.

우리에게 허락한 이시간들
주님이 주시는 마음으로
이웃 사랑 가족 사랑 실천으로

154

즐거운 나날이 되기를 기도합니다.

행복은 보이는 것보다

보이지 않는 마음에서 싹틉니다.

마음으로 진실을 담아

손잡고 걷는 오늘이 행복합니다.

행터 고개

이른 새벽, 머릿속 자명종이 시간을 알린다.

습관으로 시작 되는 하루, 늘 기쁨으로 새날을 맞이
한다. 아침 기도 묵상후 농기구 챙겨 시작되는 일상적인
삶. 논밭에서 자라나는 작물들과 대화가 시작되는 시간
이다. 동쪽 하늘 가로막은 삿갓봉은 검은 그늘 길게 드리
우고 서쪽에 붉은 빛 받아 동트는 해를 맞이할 준비를
하고 있다

희뿌연 안개 속, 밤새 자란 식물들이 한 뼘이나 커
보인다.

보이지 않는 세상을 이어주는 창조의 섭리는 내가
느껴가고 알아가는 그 이상에 있음을 실감한다.

오늘은 부모님 산소가 있는 들깨밭 풀을 제거하기
위해 개량 호미를 차에 싣고 밭으로 향하였다. 이길을
갈때마다 지나치는 모든 것들이 추억으로 말한다. 어릴
적 소 끌고 오가던 행터 고개. 그 시절에 전해 내려오는
수많은 이야기들. 이른 아침과 늦은 저녁에는 가기조차

꺼렸던 길이다. 지금은 도로가 넓어지고 차량 운행도 빈번한 길이 되었지만 성황당에 전설로 전해 내려오는 옛날 이야기는 어린 마음에 발길이 쉽게 향하지 않던 길이었다. 이 길을 지나며 흘러간 시간들을 소환해본다.

성장기를 같이한 우리 세대들의 추억에는 저마다의 사연이 존재하리라. 어느덧 두 세대가 흐르고 이제 노년이 되어 황혼의 문턱을 향하여 가고 있다. 아버지가 걸어 가시던 길. 부모님은 10남매를 어떻게 양육 하셨을까. 지금의 여건이라면 기적 같이만 느껴지는 부모님의 삶을 묵상해본다.

새벽 4시가 되면 겨울에는 소죽 끓이고, 농사철이 돌아오면 논밭으로 향하시던 부모님의 모습이 눈에 선하다. 땔감으로 가랑잎 긁어 방마다 군불 넣으시고 갈라진 손가락, 반창고로 싸매어 고통을 이겨 가시던 모습. 어느덧 눈가에 눈물이 촉촉이 적신다.

지금의 나는 어떤 모습으로 비쳐지나. 노년에 나의 가는 길도 시대가 변하고 문화와 경제 발전으로 변화속에 다른 시대를 살아가고 있지만 선한 영향력과 모범된

삶으로 이웃과 자녀들에게 존경받는 삶을 살아가고 싶다. 오로지 자녀와 가정에 헌신하시던 부모님을 생각하면 내게 부끄러운 모습이 너무 많다는 생각이 든다.

현재 진행형의 삶에서 노년의 걸어가는 한걸음 한걸음이 굴곡 없는 삶과 사랑의 실천으로 주님을 닮아가는 삶이 되기를 늘 기도하며 살고 있다.

오늘도 이길에는 다른 사연이 만들어지고 존재한다. 그러나 추억의 한편에 이 고개를 넘으며 들려줄 이야기와 조상으로부터 전해오는 교훈을 잘받아 후손들에게 남기는 유산도 하나의 열매가 될 것이라 확신해본다.

10남매

산기슭 기대인 양지 바른 초가
자연을 벗 삼아 소망을 품던
동심 어린 추억의 어린 시절

30여평 흙집에 방 서너 칸
황토방 화로에 불 지피며
우리 10남매 불 앞에 옹기종기
시린 손 호호 사랑을 나누었네.

모자라는 식량 아끼며
정성껏 양 늘려 허기진 배 채우던
어머니의 따뜻한 손길
하루하루의 삶이 그립고 그립다.

60여년 시간의 공백을 넘어

160

나의 영혼의 한 페이지를 만든다.

할머니의 특별하던 손자 사랑
엄마의 구수한 아침 된장국
왜 이리 지금도 그리울까?

쉬지 않고 평생 일만 하시던
아버지의 가족에 대한 책임감
당신이 남겨주신 유산으로 인해
건강한 삶을 살아 갈 수 있어
행복하고 행복합니다.

이제 노을길 걷는 내 삶이
아낌없이 주시던 그 사랑 받아
당신들의 숨결 이어가게 하소서.

배미 나루터

수천 년 이어온 생활의 터전
조상들의 삶과 애환이 함께 하던 곳
작은 시내 모여 강줄기 이루어
이야기 꽃을 피우던 역사의 현장

나 어릴 적 고달프던 학창 시절
추억의 뒤꼍에는
기쁨과 아픔이 공존하던
삶의 노래가 있었네.

추운 겨울
모진 바람 이겨내며
통학길 열어주고
노젓는 뱃사공 입가에는
웃음 반 한숨으로

희망 전하는 위로가 있었네.

이제 아련히 사라진
그날을 떠올리며
나 어릴적 사랑의 노래
소중한 이야기거리가 되었네.

오늘도 강천보 바라보며
물방울 출렁이는
폭포수에 내 마음 씻기우고
세상에 그려가는 내 모습
아름답게 기억되길 기도하네.

은행나무에 열매가 없다

　우리 마을에는 마을의 시작과 함께 전설로 전해오는 은행나무에 얽힌 이야기가 있다.

　조선 초기 이곳을 지나치던 우리 조상께서 너무 아름답고 살기 좋은 땅이라 생각하여 나무를 심고 집을 지어 이곳에 정착지를 마련하고 580여년 전 삶의 터전이 마련된 우리 집안에 관한 이야기다. 어쩌면 나를 여주 사람으로 만들고 고향을 마련해 준 우리만의 이야기라 할 수 있지만 수백 년의 삶 속에 100여 가구 이상이 번창하며 조선 시대부터 여주의 명문 가족으로 자리 잡은 삶의 터전이다.

　망대산 자락 실개천가에 집을 짓고 작은 마을 역사를 그리움에 품은 은행나무. 숱한 변천을 겪으며 너만의 노래가 있을진대 문화의 흐름 속에 지금은 보호수라는 팻말이 붙고 여주시에서 보호하고 있지만 왠지 모르게 정겨움이 사라져가고 외면 당하는 느낌은 이곳을 가끔 씩 찾는 나로 하여금 외로움을 느끼게 한다.

봄과 여름을 이어주던 희망과 가을과 겨울의 낭만의 추억. 아련히 들려오는 어릴적 추억의 삶의 노래. 땀띠물 따라 걷던 오솔길. 동심은 외면 당하고 덩그러니 서 있는 오래된 고목으로 변해가는 모습에서 추억만이 나를 위로하는가. 가을이면 풍성한 열매로 보답하는 너의 희생에서 나를 돌아보는 사랑의 마음을 가져보고 마음의 스승으로 기억하곤 하였다.

자신을 비우며 지혜를 심어주던 은행나무. 그런데 금년에는 나무에 열매가 없다. 긴 장마로 인한 고통과 인내에서 한발 물러나 순종으로 창조 질서에 순응하는 지혜를 오랜 시간을 나무는 같이하며 일찍이 깨달은 것일까?

이곳에서 얻은 열매로 건강을 찾았다고 하는 어르신들의 이야기 껍질 벗겨진 파아란 알맹이를 보며 맛있다고 하는 손자의 밝은 모습. 모든 것이 아쉽지만 나누고 베푸는 삶 또한 건강할 때 가능하다는 것을 깨닫게 하는 또다른 교훈을 배운다.

서로 사랑하라는 예수님의 참 진리의 말씀이 있다. 나를 비울 줄 알고 내 것을 나눌 줄 아는 삶, 사랑으로

만들어가는 가족 공동체. 밝은 사회로 이어지는 구심점
이 될 것이라 확신하며 코로나로 우울해지고 정치가
참담할지라도 소망을 가져보는 이 아침을 맞이한다.

동막골

어릴 적 찾아가던 동화 속 나라
그리움을 찾아 나만의 시간을 갖는다.

봄을 맞이하는 작은 시냇가
송사리 꾸구리 가재 찾아
친구들과 햇살을 벗하며 철렵 하던 곳
작은 암자 향하던 오솔길
민들레 수줍게 그날을 기억해 주네.

수십 년 기억 속 흐려진 추억의 연가
다시 돌아보는 너의 모습에는
흔적을 지우려는 낯설음이
오늘의 서러움으로 남는구나.

작은 연못 이끼 끼어가는

한적한 우리만의 공간

별장길 가로수 은행나무

잊혀져가는 사랑놀이

동심은 아쉬움 속 꿈을 만든다.

제비꽃 진달래 밝게 웃으며

봄빛 따스함이 삶을 노래하는

축복의 순간들이

흐려지는 그날의 이야기 만들며

나를 찾는 위로의 벗이 된다.

돌다리

단풍잎 벗 삼아 하늘길 걸으며
구부러진 산길을 돌고돌아
실개천 노래하는 개여울
쉼을 찾아 발을 담구어 보네.

삶을 재촉하는 일상을 외면하고
문명도 멀리하고 추억은 잠들고
그리움만 더하여 평안을 주는
삶의 언저리는 나만의 노래로구나.

퐁당퐁당
납작하고 작은 돌 찾아
지난날을 회상하며
흐르는 시냇물에 돌 수제비 떠본다.

바꾸고 비울수록 가벼워지는 발걸음

가을의 동심은 내 마음의 스승이 된다.

꺾어지는 세월을 붙잡고

삶의 흔적은 한 마리 나비가 되어

허공으로 멀어져 간다.

조심조심 건너보는 돌다리 인생

세상을 호흡하며 만들어가는 자산이

하루를 잠재우며 노을빛 되어

한 편의 서사시로 내일을 준비한다.

길

겨울 바람 등지며 오르는 언덕
마알간 햇살로 햇님이 반긴다.

발걸음 멈추어 돌아다보고
또 돌아다보고
황혼이 호수 위로 걸어가듯
나만의 노래로 내일을 바라본다.

겨울 지나가는 마당은 하이얀 종이
그리움으로 소복히 쌓여가는
눈길 따라 바람이 팽이치듯 돈다.

길은 사연을 담아 아침에서 저녁으로
내일을 기다리며 추억을 만들지만
인생길은 낙조가되어

입가에 미소로 남는구나.

바람이 불면 나뭇가지 흔들리고

바람도 잠잠하면 쉼을 얻는

나그네의 마음 벗 삼아

걸어가는 매일매일 새로운 인생길

희망으로 열매 맺어 내 삶을 사랑해 가리.

이렇게 살아가자

이 노래 누가 들려주랴
나를 울리고 웃기고
마음 구석구석 숨어 있는
70여년 애환의 이야기

어린 날 정든 고향 찾아
다시 시작한 10여년의 삶
추억을 더듬는 장소에
어설픈 낯설음이 있었다.

잘 꿰어지지 않은 농부의 길
부족함으로 때로는 실수로
그러나 고향이 주는 냄새
작은 소망에 미소를 보냈다.

174

새벽을 열어주는 풀 내음

아침을 깨우는 새들의 합창

집 앞의 시냇물 소리는

내 안의 활력소로 에너지로

하루하루 행복을 선물한다.

오늘도 걸어가는 이 발길

주어지는 시간에 감사하며

나를 찾아가는 평안의 여정

햇빛 받아 살며시 고개 드는

자연의 쉼터에서 사랑을 보냅니다.